JN066413

フェデリコ・ガルシア・ロルカ
Federico García Lorca

細野豊 片瀬実 久保恵 訳

ジプシー・ロマンセ集
カンテ・ホンドの詩

思潮社

ジプシー・ロマンセ集　カンテ・ホンドの詩

フェデリコ・ガルシア・ロルカ　細野豊、片瀬実、久保恵訳

思潮社

目次

ジプシー・ロマンセ集

カンテ・ホンドの詩

解説

装幀　思潮社装幀室

ジプシー・ロマンセ集　カンテ・ホンドの詩

ジプシー・ロマンセ集

1 月よ、月よのロマンセ

コンチータ・ガルシア・ロルカに*

月下香の腰当てを着けて
月が鍛冶場へやって来た。
子供は月を見るじっと見る。
子供が月を見つめている。
揺らめく空気の中で
月は両腕を動かして
淫らにそして清らかに
固い錫の乳房を見せる。
月よ逃げてよ、月よ、月。
もしもジプシーたちが来たら、
あなたの心臓で首飾りや

白い指輪を作るだろう。
坊や、わたしを踊らせておいて。
ジプシーたちはやって来るとき、
小さな目をつむったまま
鉄床に横たわるあなたを見つけるだろう。
月よ逃げてよ、月よ、月、
馬たちがやって来るのが分かるんだ。
坊や、わたしにかまわないで、わたしの
糊のきいた白装束を踏まないで。

平原の太鼓を打ち鳴らしながら
騎馬の男が近づきつつあった。
鍛冶場の中で子供は、
目を閉じている。

オリーブ畑を通って、

青銅と夢、ジプシーたちがやって来た。
顔を上げ
目を半ば閉じて。

みみずくがあんなに鳴いている、
ああ　樹の上で鳴いている。
子供の手を引いて
月が空を行く。

鍛冶場でジプシーたちが
声を上げて泣いている。
風が月を見守る、見守る
風が月を見守っている。

*ロルカの妹。

2　プレシオーサと風

ダマソ・アロンソに[*1]

羊皮紙の月を鳴らしながら
プレシオーサがやって来る
ガラスと月桂樹の
水陸両用の小道を通って。
星のない静寂が、
耳障りな音から逃げ、落ちて
海が魚たちでいっぱいの
夜を叩き、歌う。
山脈の峰で
警備兵たちが
イギリス人の住むいくつもの白い塔を

警護しながら眠る。
そして水のジプシーたちは
慰みに、巻貝の東屋と
緑の松の枝を
持ち上げる。

＊

羊皮紙の月を鳴らしながら
プレシオーサがやって来る。
それを見て　決して眠ることのない
風が吹き始めた。
裸の巨漢、聖クリストバル[*2]は、
天空の舌たちを浴びて、
不在の甘美な風笛を吹きながら
少女を見る。

少女よ、おまえを見るために
おまえの衣服を剝ぎ取るのを許してよ。
わたしの古い指の中で
おまえのお腹の青い薔薇を開いてよ。

プレシオーサはタンバリンを投げ捨て
休むことなく走りつづける。
大男のような風が
熱い剣を持って追いかける。

海はざわめきを波立てる。
オリーブの木々が蒼ざめる。
日陰のフルートと
雪のなめらかな銅鑼《ドラ》が歌う。

プレシオーサよ、走れ、プレシオーサ
緑の風に捕まるぞ！
プレシオーサよ、走れ、プレシオーサ！
風がどこから来るのか気をつけろ！
煌めく舌を持つ
卑しい星々のサテュロスが[*3]。

＊

プレシオーサは、恐れおののき、
イギリス領事が所有する
松の木立よりも上の方の
家へ入る。

叫び声に驚いて
三人の警備兵がやって来る、

体にぴったりの黒いマントを着け
こめかみを覆う縁なし帽をかぶって。

イギリス人はジプシー女に
一杯の生ぬるい牛乳と
一杯のジンを与えるけれど、
プレシオーサはそれを飲まない。

そしてその女《ひと》が、泣きながら、
彼らに自分の体験を語ると、
スレート瓦たちに
風が、怒り狂い、嚙みつく。

＊1　スペインの詩人、言語学者、翻訳家。一九二七年を中心に活躍した二七年世代の詩人たちの一人（一八九八―一九九〇）。

＊2　三世紀、ローマ皇帝デキウスの時代に殉教したキリスト教の伝説的聖人。スペイン、アンダルシア地方のアルメリーアに聖クリストバルという丘があり、「裸の巨漢、…」から四行では、聖人と丘の双方がイメージされている。
＊3　ギリシア神話の山野の精。山羊の特徴を持つ半獣半人姿で、快楽を好む。

3 闘い

ラファエル・メンデスに[*1]

峡谷の真ん中で
アルバセテ[*2]のナイフが、
敵対する者の血で美しく濡れ、
魚たちのように煌めいている。
カードのどぎつい光が
けばけばしい緑の中で、
逆上した馬と
騎手の横顔を切る。
オリーブの樹冠では
ふたりの老女が泣いている。
闘いの雄牛が

壁をよじ登る。
黒い天使たちは
ハンカチと雪解け水を持って来た。
アルバセテのナイフの
大きな翼を持つ天使たち。
モンティーヤ[*3]の男、ファン・アントニオは
死んで斜面を転がり落ち、
その体は菖蒲でいっぱいで
こめかみには石榴がひとつ詰まっている。
今彼は火の十字架に乗り、
死の街道を行く。

*

判事は、治安警備隊とともに、
オリーブ畑を通ってやって来る。

滑り落ちた血が
蛇の無音の歌をうめくように歌う。
治安警備隊のお歴々よ、
ここでいつものことが起こった。
四人のローマ人と
五人のカルタゴ人が死んだのだ。

*

無花果と熱い風評の
狂った午後が
騎手たちの傷ついた腿に
気力を失って落ちる。
そして黒い天使たちは
西風に吹かれて飛んだ。
長い三つ編みと

オリーブ油の心臓の天使たち。

＊1　「学生館」でのロルカの友人で、心臓病専門医。第二次大戦後、米国を経てメキシコへ行き、国立心臓病研究所の薬学部長に就任。一九六〇年代にフランコ政府の許可を得て帰国した（一九〇六―一九九一）。

＊2　スペイン、カスティーヤ・ラマンチャ地方、アルバセテ県の県都。刃物の生産が盛んなことで知られる。

＊3　スペイン、アンダルシア地方、コルドバ県の町。

4　夢遊病のロマンセ

グロリア・ヒネールとフェルナンド・デ・ロス・リオスに[*1]

緑よ緑おまえが欲しい。
緑の風。緑の枝。
海に浮かぶ船と
山を行く馬。
腰に影を纏わらせ
女は手すりに凭れて夢見る、
緑の肌、緑の髪、
冷たい銀の眼で。
緑よ緑おまえが欲しい。
ジプシーの月の下、
物たちが女を見ているが

女には物たちが見えない。

＊

緑よ緑おまえが欲しい。
霜の大きな星たちが
夜明けの道を開く影の魚と
ともにやって来る。
無花果はその枝たちのやすりで
風をこすり、
山が、泥棒猫が、
とげとげしい竜舌蘭を逆立てる。
でも誰が来るのか？　どこから……？
女は手すりに凭れつづける、
緑の肌、緑の髪、
苦い海の中で夢見ながら。

おやじさん、おれは交換したい
おれの馬をあんたの家と、
おれの鞍をあんたの鏡と、
おれのナイフをあんたの毛布と。
おやじさんよ、おれは血を流しながら、
カブラ峠[*2]からやって来た。
若いの、出来ることなら
その話をまとめたい。
だがわたしは昔のわたしではないし、
この家ももうわたしのものではない。
おやじさんよ、おれは人並みに
おれのベッドで死にたいのだ。
出来るものなら、オランダ布の
シーツを敷いた鉄のベッドの上で。
胸から喉にかけての
このおれの傷が見えないか？

三百の黒ずんだ薔薇が
おまえの白シャツの胸に咲いている。
おまえのベルトの周りには
血が滲み出て臭っている。
だがわたしは昔のわたしではないし、
この家ももうわたしのものではない。
せめておれをあの高い
手すりまで昇らせてくれ、
どうか昇らせてくれ！　どうか
あの緑の手すりまで。
水音が轟く
月の手すりまで。

＊

ふたりの仲間があの高い

手すりまで昇っていく。
血の跡を残して。
涙の跡を残して。
ブリキのカンテラがいくつか
屋根のうえで震えていた。
千のガラスのタンバリンが
夜明けを傷つけていた。

*

緑よ緑おまえが欲しい、
緑の風、緑の枝。
ふたりの仲間は昇っていった。
吹きつづく風は残していった、
口のなかに胆汁と、
薄荷と、バジルの不思議な味を。

おやじさん！　どこにいるのだ？　教えてくれ。
あんたのつれない娘はどこにいる？
あいつは何度もおまえを待った！
あいつは何度おまえを待ったことか、
さわやかな顔、黒い髪、
この緑の手すりに凭れて！

＊

雨水溜めの水面で
ジプシー娘が揺れていた。
緑の肌、緑の髪、
冷たい銀の眼で。
月のつららが
水面の娘を支える。
夜は小さな広場のように

居心地よいものとなった。
酔っぱらった警備兵たちが
扉を叩いていた。
緑よ緑おまえが欲しい。
緑の風。緑の枝。
海に浮かぶ船。
そして山を行く馬。

＊1　ロルカ一家と親しい友人夫妻。特にフェルナンド（一八七九―一九四九）は法学教授でロルカの師。精神的危機にあった詩人にニューヨーク行きを勧め、同行した。
＊2　スペイン、アンダルシア地方、コルドバ県南部の町に近い峠。十九世紀に山賊の隠れ場所として知られた。

5　ジプシーの尼僧

ホセ・モレーノ・ビヤに[*1]

石灰と銀梅花の静寂。
香る草々の中の葵。
尼僧は麦わら色の布に
紫羅欄花《あらせいとう》を刺繡する。
灰色のシャンデリアの中を
プリズムの七羽の小鳥が飛ぶ。
教会が　腹を上に向けた熊のように
遠くで唸っている。
何と上手に刺繡していることか！　何と優雅に！
麦わら色の布に

幻想の花々を
尼僧は刺繍したいのだ。
何というひまわり！　スパンコールとリボンの
何という木蓮！
何というサフラン！　そしてミサの聖壇布の中の
何という月！
五つのザボンが近くの台所で
甘くなる。
アルメリーア[*2]でつけられた
キリストの五つの傷。
尼僧の両目の中を
二人の名騎手が疾走する。
最後のかすかなざわめきが
彼女のスリップを剝ぎ取り、
こわばった遠景の中に
雲や山々を見るとき、

砂糖と防臭木でできた
彼女の心臓が壊れる。
おお！　二十の太陽が頭上にある
何たる高地平原！
彼女の幻想の中にほの見える
何と立ち上る川たち！
だが尼僧は花々を刺繍しつづけ、
一方そよ風の中で、光は立ち上がり、
格子窓の高みで
チェスをしている。

＊1　スペインの作家で、当初ポストモダニストとして登場したが、後に二七年世代の美学との結びつきを強めた（一八八七―一九五五）。
＊2　スペイン、アンダルシア地方、アルメリーア県の県都。

6　不実な人妻

リディア・カブレーラ[*1]と黒い肌のその娘に

それでおれはその女を娘だと思って
川へ連れていったが、
亭主持ちだった。
それはサンティアゴ[*2]の夜で
大方義理で連れていったのだ。
街灯は消えていて
蟋蟀《こおろぎ》たちがけたたましく鳴いた。
最後の角でおれは
女の眠っている乳房に触った、
するとそれはヒヤシンスの小枝のように
いきなりおれの方へ開いたのだ。

彼女のペチコートの糊が
おれの耳の中で鳴っていた、
十本のナイフで引き裂かれた
一反の絹のように。
梢に銀の光はないのに
木々は成長した、
そして犬たちの地平線が
川のはるか向こうで吠えている。

*

茨や灯心草や
山査子を踏み越えて、
女の長い髪の下の
泥におれは窪みを作った。
おれはネクタイを外した。

女は衣服を脱いだ。
おれは拳銃を吊るしたベルトを外した。
女は四枚の胴衣を取った。
月下香も巻貝も
肌はこれほどなめらかではなく、
月光を浴びた水晶も
これほど見事に輝かない。
女の腿は驚いた魚のように
おれから逃げまわっていた。
半ば火のように燃え
半ば冷え切って。
その夜おれは
轡もはめず鐙もつけず
真珠色の子馬に跨って、
最良の道を走った。
おれは、男として、女がおれに

いったことをいいたくない。
知性が
おれをとても慎み深くする。
接吻と砂で汚れた女を
おれは川から連れ戻った。
百合の剣たちが
風と戦っていた。
おれはあるがままに振舞った。
真正なジプシーとして。
おれは女に麦わら色の繻子の
大きな裁縫箱を贈ったが、
惚れこもうとはしなかった。
川へ連れていったとき女が
亭主持ちなのに
娘だなどといったから。

＊1　キューバの作家、人類学者。少女の頃から黒人たちの伝説や魔術的信仰に強い関心を持ち、キューバやフランスで、アフリカ系文化についての研究と著作活動を行った（一八九九―一九九一）。
＊2　キリストの十二使徒の一人である聖ヤコブ。スペインの守護聖人であり、祝日は七月二十五日。

7　黒い苦しみのロマンセ

ホセ・ナバーロ・パルト*に

雄鶏たちの鶴嘴が
曙光を求めて掘るとき
ソレダー・モントーヤが
暗い山を下りてくる。
その肉体は、真鍮で、
馬と影の匂いがする。
その乳房は、いぶされた鉄床で、
まろやかな歌を呻くように歌う。
ソレダーよ、仲間もつれずこんな時間に
だれを訪ねようというのだ?
だれを訪ねようと

あなたに何の関わりがあるのか言ってよ。
わたしはわたしが探すものを探しに来た、
わたしの喜びとわたし自身を。
わが悲しみのソレダーよ、
暴走する馬は、
ついには海に出くわして
波に呑まれてしまう。
どうかわたしに海を思い出させないで、
木の葉たちのざわめきの下
オリーブの大地に
黒い苦悩が芽吹くから。
ソレダーよ、何というおまえの苦しみ！
何と痛ましい苦しみであることか！
おまえは忍耐の、口の酸っぱい
レモン汁の涙を流す。
何と大きな苦しみであることか！　わたしは

狂った女のように家の中を駆け回り
二本の三つ編み毛を、台所から寝室まで
床の上を引きずっていく。
何という苦しみ！　わたしは肉体も衣服も
黒玉色に染まっていく。
ああ、わたしの亜麻織りのスリップ！
ああ、わたしのひなげし色の腿！
ソレダーよ、おまえの体を
雲雀たちの水で洗え、
そしておまえの心を
安らかにせよ、ソレダー・モントーヤ。

＊

下では川が
空と木の葉の襞飾りが歌う。

新しい光が南瓜の花の
冠をかぶる。
おお、ジプシーたちの苦しみよ！
穢れのないいつも孤独な苦しみ。
おお、隠された河床の苦しみと
遠い夜明けよ！

＊アラビア語学者・批評家・歴史家。ロルカが参加していたグラナダの若い知識人たちのグループ「エル・リンコンシーヨ（片隅）」の一員（一八九〇—一九七一）。

8　聖ミカエル（グラナダ）

ディエゴ・ブイガス・デ・ダルマウ*に

山、山、山の連なる辺りに
向日葵を背中に積んだ
騾馬たちと騾馬たちの影が
手すりから見える。

日陰にある騾馬たちの目は
果てしない夜に輝きを失う。
風の曲り角ごとに
塩気を含んだ曙光がきしむ。

白い騾馬たちの空は

水銀の目を閉じる、
静かな薄明かりに
心臓の終焉を告げながら。
そして水は、だれにも
触られないように　冷える。
山、山、山の連なる辺りに
狂った水　むき出しの水。

*

聖ミカエルは塔の寝室で
レース飾りに埋もれ
カンテラの明かりに纏いつかれた
美しい腿を露わにする。
飼い慣らされた大天使は
十二時の合図を受けると、

羽毛と小夜鳴き鳥が
甘やかに怒ったような振りをする。
聖ミカエルはガラスの中で歌う。
三千の夜の美少年である彼は、
オーデコロンでかぐわしく
花々からは遥かに遠い。

＊

海は浜辺で
バルコニーの詩を踊る。
月の縁は
灯心草を失い、声を手に入れる。
下町娘たちが向日葵の種を
食べながらやって来る、
大きくて銅の惑星のように

隠された彼女らの尻。
背の高い紳士たちと
小夜鳴き鳥たちの昨日への
郷愁ゆえに褐色になり、
悲しげな様子の婦人たちがやって来る。
そしてサフランで目の見えない、哀れな
マニラの司教が、
女たちや男たちのために
両刃のミサを唱える。

*

聖ミカエルは塔の寝室で
じっとしていた、
小さな鏡とレースで飾られた
ペチコートを着て。

聖ミカエルは、球体たちと
奇数の王であり、
叫びと張り出し窓の
最初のベルベル人の中に入る。

＊ロルカの「学生館」時代の友人。

9　聖ラファエル（コルドバ）

フアン・イスキエルド・クロセイェスに[*1]

I

扉を閉めた馬車たちが
灯心草の岸辺へ到着し
そこでは波がローマ人の
裸のトルソを磨いていた。
グアダルキビール川[*2]が
花々の銅版画と
雨雲の響きの間で、馬車たちを
その熟した水晶の中へ横たえる。
子どもたちは

夜想曲の中で失われた
古びた馬車たちの傍らで、
世界の幻滅を染め、歌う。
だがコルドバは、
おぼろげな神秘の下で震えない、
もしも影が
煙の建造物を建てるならば、
大理石の台座が
その乾いて純潔な輝きを固定する。
脆いブリキの花びらたちは
凱旋門の上に
広がる、微風の
純正な灰色を刺繍する。
そして橋が海神の十の噂を
耳打ちする間《ま》に、
煙草売りたちは

壊れた壁伝いに逃げる。

II

水の中のたった一匹の魚が
二つのコルドバを一つにする、
灯心草の柔らかいコルドバと
建築のコルドバを。
無感動な顔の子どもたちが
岸辺で裸になる、
トビア[*3]の徒弟たちと
腰のマーリン[*4]たち。
彼らは、ワインの花々と
半月の跳躍のどちらが欲しいか
との皮肉な問いで
魚を怒らせようとする。

だが魚は、水を金色に染め
大理石たちを喪に服させて、
彼らに孤独な円柱の
教訓と均衡を与える。
暗いスパンコール付きの衣服を着た
スペイン語を話すアラビア風の大天使が、
波たちの集会の中に
ざわめきと揺りかごを探していた。

＊

水の中のたった一匹の魚。
二つの美のコルドバ。
噴水の中で壊されたコルドバ。
乾いた天空のコルドバ。

＊1　ロルカより年上の友人で、軍人であると同時に、地理学の専門家でもある。
＊2　スペイン、アンダルシア地方を流れる川。
＊3　旧約聖書外典の一つ「トビト書」に登場するイスラエル人。信仰が厚かった。トビトは老年になって視力を失ったが、天使ラファエルの助言に従った息子のトビアのおかげで回復した。
＊4　アーサー王伝説の中で登場する、高徳の魔法使い、預言者。

10　聖ガブリエル（セビーヤ）

D・アグスティン・ビニュアレスに[*1]

I

灯心草の美少年は、
広い肩幅、細い腰、
夜の林檎の色の肌、
悲しげな口元と大きな目、
熱い銀の神経を持ち、
無人の街路をぶらついている。
彼のエナメルの靴が
空気のダリアを踏みにじり、
二つのリズムで

短い天上の喪を歌う。
海辺には
彼に並び立つヤシの木も、
戴冠した皇帝も、
空を行く明星もない。
彼が碧玉の胸に
頭を垂れると、
夜はひざまずきたくて
平原を探す。
大天使聖ガブリエル、
鳩を手懐ける者、
柳の木の敵対者のために
ギターだけが鳴っている。
聖ガブリエルよ、子供が
母の腹の中で泣いている。
ジプシーたちが

おまえに服をくれたのを忘れるな。

II

アヌンシアシオン・デ・ロス・レイェス、
彼女はあまねく月光を浴び貧しい身なりで、
街路をやって来た明星に
戸を開く。
大天使聖ガブリエル、
ヒラルダ[*2]の曾孫は
白百合と微笑みの間で
彼女のもとを訪れていた。
刺繍の施されたベストの中に
隠された蟋蟀《こおろぎ》が鼓動する。
夜の星々が
小さな鐘になった。

聖ガブリエルよ、三本の喜びの釘を打たれ
わたしはここあなたの元にいます。
わたしの火の付いた顔の上に
あなたの輝きがジャスミンを咲かせます。
アヌンシアシオンよ、神の救いあれ。
褐色の肌の奇蹟の女よ。
おまえはそよ風の新芽よりも
美しい子をなすだろう。
ああ、わが眼の聖ガブリエルよ！
ガブリエリーヨ、わが命よ！
あなたが座れるように
わたしはカーネーションの椅子を夢見ます。

アヌンシアシオンよ、神の救いあれ、
あまねく月光を浴び貧しい身なりの人よ。
おまえの息子はその胸に

ほくろが一つと傷が三つ。
ああ、光り輝く聖ガブリエル！
ガブリエリーヨ、わが命よ！
わたしの胸の奥底では
もう温かい乳が湧いています。
アヌンシアシオンよ、神の救いあれ、
百の王家の母よ。
おまえの眼は馬乗りたちの
不毛の風景に光を照らす。

＊

驚くアヌンシアシオンの胸の中で
子供は歌を歌う。
緑のアーモンドの三つの弾丸が
小さな声の中で震える。

すでに聖ガブリエルは空中にかかる
梯子を登っていた。
夜の星々は
麦藁菊になった。

＊1　スペインの政治経済学者。グラナダ大学で教鞭をとっていた時期にロルカと友人になった（一八八一－一九五九）。
＊2　セビーヤ大聖堂に付属する鐘楼は「ヒラルダ（風見）の塔」と呼ばれ、その頂点には風によって回転する女神像が設置されている。

11

アントニート・エル・カンボリオ[*1]のセビーヤへの途上での捕縛

マルガリータ・シルグ[*2]に

アントニオ・トーレス・エレディアは、
カンボリオ家の息子にして孫、
柳の枝をたずさえ
闘牛を観にセビーヤへ向かう。
緑の月の褐色の男は
ゆったりと気品をもって歩く。
青みがかった巻き毛が
両目の間できらめいている。
道の半ばで
丸いレモンをいくつも切り取り、

水に投げ込んでいくと
とうとう水が金色に染まった。
また道の半ばでは、
楡の木の枝の下で、
警備隊員が
彼を後ろ手に縛り引き立てた。

*

昼はゆったりと過ぎ、
肩にかかる午後が、
海と小川に
闘牛士の長いジャケットを着せる。
オリーブの実は
山羊座の夜を待ち、
一瞬のそよ風が、 馬に乗り、

鉛の山々を飛び越える。
アントニオ・トーレス・エレディアは、
カンボリオ家の息子にして孫、
柳の枝をなくし
五つの三角帽*3に囲まれてやって来る

アントニオ、おまえは何者だ？
カンボリオ家の者を名乗るなら、
五つの口のあいた
血の噴水を作ったはずだ。
おまえは誰の子でもない、
カンボリオ家の正当な子でもない。
山を一人でかけまわる
ジプシーは誰もいなくなった！
古ぼけたナイフは
埃にまみれて震えている。

夜の九時
警備隊員たちがみな
レモネードを飲んでいるとき、
彼は牢屋に連れていかれる。
また夜の九時
空が
子馬の尻のように輝くとき
牢屋の扉が閉められる。

＊1　アントニートはアントニオに縮小辞がついた愛称。「カンボリオのアントニオ」を指す。
＊2　ロルカの戯曲をいくつも演じたスペインの女優。フランコ政権から逃れ、南米に移住した（一八八八―一九六九）。
＊3　スペインの治安警備隊員が着用する帽子を指す。つばを三か所折り返してあり、上から見ると三角形に見えることから。

12　アントニート・エル・カンボリオの死

ホセ・アントニオ・ルビオ・サクリスタンに[*1]

グアダルキビール川のほとりで
いくつも死の声が響いた。
男らしいカーネーションの声を囲む
いくつもの古い声。
アントニオは彼らの靴に
猪の噛み傷を刻みつけた。
闘いの中で
シャボンを塗ったイルカの跳躍を見せた。
深紅のネクタイを
敵の血に浸したが、
四つの短刀に

敗れることとなった。
星々が灰色の水に
槍を突き立てるとき、
紫羅欄花《あらせいとう》のベロニカ*2を
子牛たちが夢見るとき、
グアダルキビール川のほとりで
死の声がいくつも響いた。

*

アントニオ・トーレス・エレディア、
固いたてがみのカンボリオ、
緑の月の褐色の男、
男らしいカーネーションの声、
グアダルキビール川のほとりで
誰がおまえの命を奪ったのか？

エレディア家のおれの四人の従兄弟たち
ベナメヒー[*3]の息子たちだ。
他の者なら妬みもしないものを、
おれを彼らは妬んでいた。
ブドウ色の靴、
象牙の大きなメダル、
そしてこのオリーブとジャスミンを
練りこんだ皮膚を。
ああ、アントニート・エル・カンボリオ、
女帝の愛にも釣り合う男よ！
聖母マリアを思い出せ
おまえは死んでいくのだから。
ああ、フェデリコ・ガルシア、
警備隊員を呼んでくれ！
トウモロコシの茎のように
おれの腰は折れてしまった。

血の一撃を三度受け
横顔を見せながら彼は死んだ。
二度と同じものの現れない
生きた硬貨よ。
仰々しい振る舞いの天使が
頭をクッションに載せる。
他の天使は疲れて赤らんだ顔をして
カンテラを点けた。
ベナメヒーに
四人の従兄弟が帰り着いたとき、
グアダルキビール川のほとりで
死の声が止んだ。

＊1　スペインの歴史学者。マドリーの学生寮でロルカと知り合った

（一九〇三―一九九五）。
＊2　闘牛士が牛と戦う際に、両手で布を持つやり方。聖ベロニカが両手で布を持ち、キリストの顔を拭いたことに由来する。
＊3　アンダルシア地方コルドバ県の町。

13 愛に死す

マルガリータ・マンソに*

高い回廊で光っている
あれは何だろう?
息子よ、戸を閉めなさい、
時計が十一時を打ったから。
ぼくの目には、いつの間にか、
四つのランタンが光っている。
それはきっとあの人たちが
銅を鍛えているのでしょう。

*

死にかけの銀のにんにく
下弦の月が、
並び立つ黄色い塔に
黄色い髪をつける。
夜は震えながら
それを知らない千の犬たちに
追い立てられ、
露台のガラスを叩いてまわり、
回廊からは
ワインと琥珀の匂いが漂ってくる。

＊

湿った葦のそよ風と
古びた声のざわめきが、
真夜中の壊れた天球に

響きわたった。
牡牛と薔薇は眠っていた。
ただ回廊でだけは
四つの光が
聖ゲオルギウスの激情を込めて叫んでいた。
切り取られた花を流れる静けさと
若々しい腿を流れる苦さの、
その男の血を
谷間の悲しむ女たちが降ろしていた。
髪の毛も名前も
通れない一瞬を、
山のふもとで
川の年老いた女たちが嘆いていた。
石灰のファサードが、
夜を白く四角にした。
天使たちとジプシーたちが

アコーディオンを弾いていた。
お母さん、ぼくが死んだら
あの方々に知ってほしい。
南から北へ伝わる
青い電報を打ってください。
七つの叫び、七つの血、
七本の八重咲きの芥子が、
うす暗い広間で
くすんだ月を壊した。
切り取られた手と
花冠でいっぱいの、
誓いの言葉の海は
どことも知れず、響きわたった。
森の突然のざわめきに
空が戸をぴしゃりと閉じたとき、
高い回廊で

四つの光が叫んでいた。

＊スペインの女性画家。ロルカと同じ二七年世代に属する（一九〇八—一九六〇）。

14　天に召された者のロマンセ

エミリオ・アラドレン*のために

休息のないわが孤独よ！
わが肉体の小さな目と
馬の大きな目は、
夜に閉じることもなく
十三の舟の夢が
静かに遠ざかる向こう側を
見ることもない。
そうではなく、公正で我慢強い
従者たちが眠らずにいて、
わたしの目は金属と大岩の
北方を見る

そこでは血を失った肉体が
凍り付いたトランプをめくる。

*

濃密な水の去勢牛たちが
波立つ角をふりたてて
月の光に浸る
少年たちに襲いかかる。
そして金槌たちは
騎手の不眠症と
騎馬の不眠症を、
夢遊病の金床で歌っていた。

*

六月二十五日
アマルゴは言われた。
おまえが望むなら
庭の夾竹桃を切っていい。
戸に十字架を描き
その下におまえの名前を書け、
そうしないとおまえの脇腹に
毒人参と刺草《いらくさ》が生え、
湿った石灰の針たちが
おまえの靴を嚙み切ってしまうから。
それは夜の、暗がりの中、
磁化した山々の中だろう、
そこで水の去勢牛たちは
夢見ながら灯心草を飲む。
光と鐘を頼むがいい。
手を交差させることを覚えておけ、

金属と大岩の
冷たい空気を好きになれ。
二カ月もすれば
おまえは経帷子を着て横たわるのだから。

＊

星雲の剣が
サンティアゴの空中を動いていく。
重い沈黙、背中からは、
湾曲した空が湧き出ていた。

＊

六月二十五日
アマルゴは目を開け、

そして八月二十五日
横たわり目を閉じた。
天に召された者を見るために
人々が道を下りると、
彼は穏やかに
その孤独を壁に留めていた。
そしてローマ風の硬く、
きれいに敷かれたシーツが、
布の作る直線によって
死に均整をもたらしていた。

*ロルカとの親交が深かったスペインの彫刻家（一九〇六―一九四四）。

15 スペイン治安警備隊のロマンセ

ファアン・ゲレロ、[*1] 詩の総領事に

馬は黒い。
蹄鉄は黒い。
マントにはインクと
蠟の染みが光る。
頭蓋骨が鉛でできているから
彼らは泣かない。
エナメルの魂で
街道をやって来る。
背中は丸く夜行性で、
彼らが鼓舞するところでは
暗いゴムの沈黙と

細かい砂の恐怖が支配する。
通りたいと思えば通り、
頭の中には
漠としたピストルの
曖昧な天文学を隠している。

*

おおジプシーたちの町よ！
街角には旗。
月と瓢箪が
さくらんぼと一緒に瓶に詰められる。
ああジプシーたちの町よ！
おまえを見て　おまえを忘れる者などいるか？
苦しみと麝香《じゃこう》、
そしてシナモンの塔が並ぶ町。

＊

夜が訪れたとき、
夜の中の夜よりも夜に、
ジプシーたちは鍛冶場で
太陽と矢を鍛えていた。
手ひどい傷を負った馬が
すべての戸口を叩いてまわった。
ガラスの雄鶏たちは
ヘレス・デ・ラ・フロンテーラ[*2]で歌っていた。
風が、裸になって
驚きの角を曲がる、
白銀の夜の夜、
夜の中の夜よりも夜に。

＊

聖母マリアと聖ヨセフが
カスタネットを失くし、
見つけてもらえないかと
ジプシーたちを探している。
聖母マリアはチョコレートの紙でできた
市長夫人の服と、
アーモンドの首飾りを着けて
やって来る。
聖ヨセフは絹のマントの下で
腕を動かしている。
後ろからはペルシアのスルタンを
三人従えたペドロ・ドメック[*3]が行く。
半月は
鸛《こうのとり》の恍惚を夢見た

旗とランタンが
屋根という屋根を侵略する。
腰のない踊り子たちが
鏡の中でむせび泣く。
ヘレス・デ・ラ・フロンテーラの
水と影、影と水。

*

おおジプシーたちの町よ！
街角には旗。
警備隊がやって来るから
おまえの緑の灯りを消せ。
おおジプシーたちの町よ！
おまえを見て、おまえを忘れる者などいるか？
髪を分ける櫛もないまま

この町を海から遠いままにしておけ。

＊

祭りの町に向かって
彼らは二列縦隊で前進する。
麦藁菊のざわめきが
弾薬帯を侵略する。
彼らは二列縦隊で前進する。
二重の布の夜想曲。
夜空は彼らにとって
拍車のショーケースだ。

＊

町は恐れることもなく、

その戸口を増やしていた。
四十人の警備隊が
そこから入り荒らし回った。
時計はいっせいに止まり、
並んだボトルの中のコニャックは
疑いを持たれないように
十一月に変装した。
長い叫びが一斉に
風見鶏から飛び立った。
蹄がそよ風を踏みつけ
サーベルが切りおとす。
薄暗い通りでは
眠った髪のまま
コインの詰まった壺を抱えた
ジプシーの老婆たちが逃げていく。
坂道になった通りでは

つかの間の鋏のつむじ風を
後ろに残して
不吉なマントが上っていく。

ベツレヘムの門に
ジプシーたちが集まっている。
聖ヨセフは、傷だらけのまま
乙女に経帷子を着せる。
鋭い銃声がしつこく
夜通し響いている。
聖母マリアは星の唾で
子供たちの傷を癒す。
だが警備隊が
焚火をばらまきながら前進し、
そこでは若いむき出しの
想像が燃えている。

カンボリオ家のロサが
二つの切り取られた乳房を
盆に乗せ
戸口に座って嘆き悲しんでいる。
他の娘たちは自分の三つ編みに
追われながら走っていて、
黒い火薬の薔薇が
空中で炸裂する。
屋根という屋根が
地面の畝になったとき、
夜明けは長い石の横顔を見せ
肩を揺らした。

*

おおジプシーたちの町よ！

炎がおまえを取り囲む間に
警備隊は沈黙のトンネルを
通り遠ざかる

おおジプシーたちの町よ！
おまえを見て、おまえを忘れる者などいるか？
わたしの額におまえを見つけてほしい。
月と砂のたわむれを。

＊1　スペインの編集者（一八九三―一九五五）。
＊2　アンダルシア地方カディス県の都市。シェリー酒の生産で知られる。
＊3　ヘレス・デ・ラ・フロンテーラのワイナリー「ペドロ・ドメック」の創業者（一七八七―一八三九）。

三つの歴史的ロマンセ

16　聖女オラーヤの殉教

ラファエル・マルティネス・ナダル[*1]に

I　メリダ[*2]の眺望

尾の長い馬が
飛び跳ねながら街路を走り、
ローマの老兵たちは
賭け事をするか居眠りをしている。
ミネルバの山の半分は
葉のない両腕を開く。

宙ぶらりんの水が
岩山の稜線を金色に染め直していた。
寝そべった胴体たちと
鼻の崩れた星々の夜は
跡形もなく崩れ去るために
夜明けというひび割れを待っている。
ときおり赤いとさかの
冒瀆の言葉が鳴り響いた。
聖なる少女は、うめき声を上げて
ガラスのコップを割る。
車輪がナイフと
鋭い反りのついた鉤を研ぐ。
金床の牡牛がうなり、
メリダはほぼ目覚めた甘松香《かんしょうこう》と
木苺の蔓の
冠を戴く。

II　殉教

裸になった花の女神が
水の小さな階段を上る。
執政官はオラーヤの乳房を載せるため
盆を用意させる。
緑の静脈がほとばしり
喉から溢れている。
木苺の蔓に絡まった小鳥のように
性器がもつれ震える。
地面では、狂ったように、
切り取られた両手が飛び跳ねるが
それはいまだに指を組んで
首のないかすかな祈りを捧げることができる。
乳房があったところに開いた

いくつもの赤い穴からは
小さな空と
白い乳の小川が見える。
千本の血の小さな木々が
背中の全面を覆い
炎のメスに対して
湿った丸太を置く。
眠らない、灰色の肉体の
黄色い百人隊長たちは
銀の鎧を鳴らしながら
天国にたどり着く。
そしてたてがみと剣の混乱した熱狂が
響き渡るとき、
執政官《コンスル》はオラーヤの燻された乳房を
盆に載せて運ぶ。

Ⅲ　地獄と栄光

波打つ雪が休んでいる。
オラーヤは木に吊るされている。
炭化した彼女の裸体が
凍った空気を煤で汚す。
張りつめた夜が光る。
木には死んだオラーヤ。
あちこちの市街のインク壺が
インクをゆっくりとこぼす。
仕立屋の黒いマネキンたちが
手足を切りとられた静寂を
うめく長い列を作り
野原の雪を覆う。
雪が降り始める。
木には白いオラーヤ。

ニッケルの兵士たちが
槍の穂先を彼女の脇腹に突きつける。

＊

焼けた空の上では
小川の流れる渓谷と
枝に止まる小夜鳴き鳥の間で
聖櫃が光る。
色とりどりのガラスが飛び散る！
白の中でさらに白いオラーヤ。
天使たちと熾天使たちが唱える、
「聖なるかな、聖なるかな、聖なるかな。」

＊1　スペインの作家で、ロルカの友人だった。ロルカの生前未刊行の作

品『公衆』の原稿を保管し、一九七〇年に公表した。
＊2　エストレマドゥーラ地方バダホス県の都市。

17　馬上のドン・ペドロへのからかい
（池をめぐるロマンセ）

ジャン・カスー*に

小道を通って
ドン・ペドロがやって来た。
ああ、騎士は
泣いていた！
轡を外した
身軽な馬に乗り、
パンと口づけを求めて
やって来た。
窓という窓が
風に訊く、
あの騎士はなぜ

暗く泣いているのかと。

一つ目の池

水の中では
言葉たちが続く。
水面では
丸い月が
水浴びをして、
もう一つの月に嫉妬する
「なんという高さ！」
岸辺では
少年が一人、
二つの月を見て言う
「夜よ、シンバルを鳴らせ！」

続く

遠く離れた町に
ドン・ペドロはたどり着いた。
ヒマラヤ杉の森に囲まれた
黄金の町。
ここはベツレヘムか？　空気は
香水木《こうすいぼく》と迷迭香《まんねんろう》の匂いがする。
平屋根と雲が
輝く。ドン・ペドロは
荒れ果てたアーチをくぐってゆく。
二人の女と
銀のカンテラを持った老人が
会いに来た。
ポプラの木々は「違う」と言う。
小夜鳴き鳥は「いずれわかるさ」と言う。

二つ目の池

水の中では
言葉たちが続く。
水面にできた髪の流れに
鳥と炎の輪が一つ。
葦の茂みの中には、
不在の者を知る証人たち。
ギターを作る木材の
明晰であてどのない夢。

続く

平坦な道を通って
二人の女と

銀のカンテラを持った老人は
墓地へ行く。
サフランの咲く野で
ドン・ペドロの陰気な馬が
死んでいるのを
見つけた。
午後のひそかな声が
空に向かって鳴いた。
不在の一角獣が
角を粉々に砕いた。
遠くの大都市が
燃えていて
男は泣きながら
奥地へ行く。
北には星が一つ。
南には船乗りが一人。

最後の池

水の中には
言葉がある。
失われた声の泥。
冷えた花の上で、
忘れられたドン・ペドロが、
ああ！　蛙たちと戯れている。

＊フランスの作家、美術評論家。スペインの文学や美術に関する著作がある（一八九七―一九八六）。

18　タマルとアムノン

アルフォンソ・ガルシア・バルデカサス[*]のために

水のない山脈の上
月が空を巡る
そのとき夏は
虎と炎のざわめきの種を蒔く。
屋根の上では
金属の神経が音を立てていた。
さざ波立つ空気が
羊毛の鳴き声とともにやって来た。
山脈は
傷痕だらけの、

あるいは白く光る
鋭い焼灼器に揺られた姿を見せる。

＊

タマルは冷たいタンバリンと
月の形をしたチターの音に合わせて
喉の中の鳥たちを
夢見ていた。
庇の下にいる彼女の裸体、
椰子の木の鋭い北風は
腹に雪のかけらを
背中には霰《あられ》を求める。
タマルはバルコニーに出て
裸で歌っていた。

彼女の足の周りには、
五羽の凍りついた鳩。
痩せて、硬質なアムノンは、
塔から彼女を見て、
鼠径部には泡がいっぱい、
顎鬚には震えが満ちていた。
撃ち込まれたばかりの矢のざわめきを
歯と歯の間にやどし
照らし出された裸体が
バルコニーに横たわっていた。
アムノンは丸く
低い月を見つめつつ、
月の中に妹の
固い乳房を見た。

＊

アムノンは三時半
寝床に横たわった。
寝室全体が
翼で一杯の彼の目に苦しめられた。
光が塊となり
いくつもの町を褐色の砂に沈め、
あるいは薔薇とダリアの
つかの間の珊瑚を見つける。
圧迫されたくぼみのリンパが
水差しの中に静寂を湧き出させる。
木の幹に生した苔に
身を伸ばしたコブラが寝そべり歌う。
寝床のひんやりとした布に
顔をうずめアムノンはうめく。
おののきの木蔦《きづた》が

彼の焼け焦げた肉体を包む。
タマルは音もなく
静まり返った寝室に入った。
静脈とドナウ川の色を浮かべ、
遠い痕跡に心を濁されながら。
タマルよ、おまえの動かぬ夜明けで
おれの両目を消してくれ。
おれの血の糸が
おまえのスカートにフリルを縫い付ける。
お兄様、わたしをそっとしておいてください。
あなたがわたしの背中にした口づけは
フルートの二重の群れの中の
雀蜂とそよ風です。
タマルよ、おまえの盛り上がる乳房には
わたしを呼ぶ二尾の魚がいて、
おまえの指先には

閉じ込められた薔薇のざわめきがある。

＊

王の百頭の馬が
中庭でいないないていた。
桶の中の太陽が
葡萄の蔓の細さに耐えていた。
すでにアムノンはタマルの髪を摑み、
シャツを引き裂く。
生暖かい珊瑚が
黄金色の地図に小川を描く。

＊

おお、何たる叫びが

家々の上で聞こえたことか！
短刀と破れたチュニックの
何たる厚みか。
悲しみの階段を
奴隷たちが昇り降りする。
ピストンと腿が
止まった雲の下で遊ぶ。
タマルの周りで
ジプシーの乙女たちが叫び
他の乙女たちは彼女の苛まれた花の
滴を拾い集める。
閉じられた寝室で白い布が
赤く染まる。
生暖かい夜明けのざわめきと
葡萄の芽と魚が変貌する。

＊

激高した侵入者、
アムノンは牝馬に乗って逃げる。
黒人たちが石垣と櫓から
彼に矢を射かける。
そして四つの蹄が
四つの響きになったとき、
ダビデが鋏で
竪琴の弦を切った。

＊スペインの法学者（一九〇四―一九九三）。

カンテ・ホンドの詩

三つの川のバラード

サルバドール・キンテロ*へ

グアダルキビール川は
オレンジ畑とオリーブ畑の間を流れる
グラナダの二つの川は
雪から小麦畑へと下る

ああ、行ってしまい
戻ってこなかった　愛よ！

グアダルキビール川には
臙脂色の髭がある
グラナダの二つの川の

一つには涙　もう一つには血が流れている

ああ、空を飛んで
行ってしまった　愛よ！

帆船で行くために
セビーヤには道がある
グラナダの水には
溜息が漕いでいるだけだ

ああ、行ってしまい
戻ってこなかった　愛よ！

グアダルキビール川は高い塔
そのオレンジ畑には風が吹く
ダウロ川とヘニル川は低い塔

溜池のほとりで死んでいる

ああ、空を飛んで
行ってしまった　愛よ！

水が叫びの鬼火を運ぶと
誰が言うだろう！

ああ、行ってしまい
戻ってこなかった　愛よ！

アンダルシアよ、おまえの海に
オレンジの花を、オリーブの実を運べ

ああ、空を飛んで
行ってしまった　愛よ！

＊ロルカの友人で、カナリア諸島出身の詩人・教師。

ジプシーのセギリーヤ[*1]の詩

カルロス・モルラ・ビクーニャ[*2]へ

風景

オリーブ畑は
扇のように
開いては
閉じる
オリーブ畑の上には
沈んだ空と
冷たい星々の
暗い雨
藺草と薄明かりは

川岸で震え
灰色の空気が波立つ
オリーブの木々は
叫び声で
一杯だ
自由を奪われた
鳥の群れが
薄暗がりの中で
長い尾を振る

＊1　アンダルシア民謡の一種、フラメンコの一形式。
＊2　チリの外交官・政治家。息子のカルロス・モルラ・リンチはロルカと親交があった。

ギター

ギターの嘆きが
始まる
夜明けのグラスが
割れる
ギターの嘆きが
始まる
黙らせても無駄だ
黙らせることは
できない
雪の上の
水が泣くように
風が泣くように
ギターは単調に泣く
黙らせることは

できない
遠くのものを思って
泣く
白い椿を求める
南の熱い砂
的のない矢が
午前のない午後が
そして小枝の上の
最初に死んだ鳥が泣く
おお、ギターよ！
おまえは五本の剣に
ひどい傷を負わされた心だ

叫び

叫びの楕円が
山から
山へとわたる

オリーブの木々から見えるのは
青い夜にかかる
黒い虹だろうか

ああ！

ビオラの弓のように
叫びは風の長い弦を
震わせた

ああ！
（洞窟の人々が
ランプをのぞかせる）
ああ！

静寂

わが息子よ、静寂だ
それは波打つ静寂
静寂の中で
谷とこだまが滑り
額が
地面に向かって傾く

セギリーヤのステップ

黒い蝶たちの間を
褐色の肌をした少女が
雪の白蛇と
一緒に行く

光の大地
大地の空

決して届くことのないリズムの
震えにつながれて行く
少女は銀の心と
右手に短剣を持っている

セギリーヤよ　頭のない

リズムに乗ってどこへ行く？
石灰と夾竹桃でできたおまえの苦悩を
どんな月が拾うというのだ？

光の大地
大地の空

通った後

子供たちは遠くの
一点を見つめる

ランプは消える
盲目の少女たちが
月に尋ね

嘆きの螺旋が
大気の中を登る
山々は遠くの
一点を見つめる

そしてその後

時間を作り出す
迷宮が
消える
（砂漠だけが
残る）

欲望の源である
心が
消える

（砂漠だけが
残る）

夜明けの幻と
口づけが
消える

砂漠だけが
残る
波打つ
砂漠だけが

ソレアーの詩

ホルヘ・サラメア*へ

乾いた大地、
広大な
夜の
静かな大地。

(オリーブ畑に吹く風、
山に吹く風。)

ランプと
苦悩の
古い

大地。
深い水溜めの
大地。
目のない死と
矢の
大地。

（道に吹く風。
ポプラ並木に吹くそよ風。）

＊ロルカの友人で、コロンビアの詩人・作家。

村

禿山には
十字架の道。
澄んだ水と
樹齢百年のオリーブの木々。
路地には
顔を隠した男たち、
塔には
回る風見鶏。
永遠に
回っている。
おお　嘆きのアンダルシアの
失われた村よ！

短剣

短剣は
不毛の地に
振り下ろされる鋤の刃のように、
心臓に突き刺さる

やめてくれ
わたしを刺さないでくれ
お願いだから

短剣は
太陽の光のように、
恐ろしい峡谷を
焼き払う

やめてくれ
わたしを刺さないでくれ
お願いだから

十字路

東風、
街路灯と
心臓に突き刺さった
短剣。
通りは
張り詰めた
弦の
震え、
巨大なウマバエの

震え。
いたるところで
ぼくは
心臓に突き刺さった
短剣を目にする。

ああ！

叫び声は風の中に
憂鬱な影を落とす。
（この野原の中で
泣かせておいてくれ）
世界では全てが壊れてしまった。

沈黙だけが残っている。

（この野原の中で
泣かせておいてくれ）

光のない地平線は
焚き火に侵されている。

（この野原の中で
泣かせておいてくれと言っただろう）

驚き

男は胸に短剣を突き刺され
道端で死んでしまった。

誰も彼のことを知らなかった。
街路灯が震えているよ！
母さん
道端の
街路灯が震えているよ！
それは明け方のことだった。誰も
厳しい空気に
開いた目を晒すことができなかった。
男は胸に短剣を突き刺されて
道端で死んでしまい
誰も彼のことを知らなかったのだ。

ソレアー

女は黒いマントを身につけて

世界は小さく
心ははてしなく大きいと考える
黒いマントを身につけて

優しいため息と
叫びは、風の流れの中に
消えてゆくと考える

黒いマントを身につけて

女はベランダを開けたままにした
ベランダから夜明けの方へ
空全体が流れ込んだ

ああ　アイアイアイ、

黒いマントを身につけて！

洞窟

洞窟から
長いすすり泣きが漏れてくる
（赤の上の
紫）
ジプシーが
遠い国々を呼び寄せる
（高い塔と
謎めいた男たち）

途切れ途切れの声の中を
その眼差しは行く

(赤の上の
黒)

石灰が塗られた洞窟は
黄金の中で震える

(赤の上の
白)

出会い

おまえもわたしも
顔を合わせる
用意ができていない。
おまえは……もう分かっているだろう。
わたしは彼女をこの上なく愛したのだ！
その小道を進め。
わたしの手には
釘で刺された
穴が空いている。
どれほど血が流れているか
見えないか？
決して振り向くな、
ゆっくりと立ち去れ
そしてわたしのように

聖カエタノに祈れ、
おまえもわたしも
顔を合わせる
用意ができていないのだから。

夜明け

夜明けに鳴る
コルドバの鐘よ。
グラナダの
夜明けの鐘よ。
喪に服する優しげな
ソレアーに泣くすべての娘たちが
おまえたちを聞いている。
アンダルシアの

北から南までの
娘たちが。
小さな足の
揺れるスカートを履いた
スペインの少女たちが、
十字路を
光で満たした。
おお、夜明けに鳴る
コルドバの鐘よ、
おお、グラナダの
夜明けの鐘よ！

サエタ[*1]の詩

フランシスコ・イグレシアスに[*2]

弓を射る人

怪しげな射手たちが
セビーヤに近づいている。
開かれたグアダルキビール川。

灰色の鍔広帽子、
ゆったりと揺れる長いマント。
ああ、グアダルキビール川よ！

彼らは遠く離れた

悲嘆の国々からやって来る。
開かれたグアダルキビール川。
そして彼らは迷宮へ行く。
愛、水晶と石
ああ、グアダルキビール川よ！

＊1　アンダルシアの宗教歌で、聖週間の行列に向かって歌われる。
＊2　ロルカの友人で、飛行士・軍人・探検家。

夜

大蠟燭、カンテラ、
街灯、蛍。

サエタの
星座。

いくつもの黄金の小窓が
震え、
夜明けの光の中で
十字架が交錯し揺れる。

大蠟燭、カンテラ
街灯、蛍。

セビーヤ

セビーヤは
繊細な射手たちで一杯の塔だ。

傷つけに行くセビーヤ、
死にに行くコルドバ。

長いリズムを待ち伏せ
それらを迷路のように
螺旋状にする
都市。
火がついた葡萄の幹の
ようにする。

傷つけに行くセビーヤよ！

天弓の空の下
澄みわたる大地のうえで、
絶え間なく川の

矢を射る。

死にに行くコルドバよ！

そして地平線で正気を失くし、
ドン・ファンの苦さと
ディオニソスの完璧さを
ワインに混ぜる。

傷つけるためのセビーヤ。
いつでも傷つけるためのセビーヤよ！

行進

裏道を通って

奇妙な一角獣たちがやって来る。
どんな野原から、
どんな神話の森から来るのか？
より近くでそれは、
天文学者たちのように見える。
幻想的なマーリンたち[*3]
そして受難のキリスト、
魔法にかかったデュランダル[*4]、
狂ったオルランド[*5]。

＊3　アーサー王伝説の中の王の助言者。
＊4　「ローランの歌」に出てくる聖なる剣。
＊5　「ローランの歌」に出てくる騎士。

通過

クリノリン*6を着けた聖母、
巨大な
チューリップのように
開いた孤独の聖母。
あなたの光の船に乗り
都市の
満潮の中を通って
あなたは行く、
混濁したサエタと
ガラスの星々の間を行く。
クリノリンを着けた聖母よ、
あなたは行く
街路の川を通って
海まで！

*6　スカートを膨らませるペチコート。

サエタ

褐色のキリストが*7
通りすぎる
ユダヤの菖蒲《あやめ》から
スペインのカーネーションへ。

彼がどこから来るのか見たまえ!

スペインの
清らかで暗い空、
陽にやけた大地

そして水がとてもゆっくり
流れる川底。
褐色のキリスト、
その焦げた長髪、
出張った頬骨と
白い瞳。

彼がどこへ行くのか見たまえ！

＊7　聖週間の行列で使われる褐色のキリスト像。

バルコニー

ローラは
サエタを歌う。

闘牛士たちが
彼女を取り囲み、
理髪師が
店の戸口から、
頭を揺らして
リズムを追いかける。
バジルと
薄荷の間で、
ローラは
サエタを歌う。
水槽に映る
自分に見入っていた
あのローラが。

夜明け

しかし愛のように
サエタの歌い手たちは
夢中になっている。

緑色の夜のうえに
サエタが
熱い菖蒲《あやめ》の跡を
残す。

月の竜骨が
紫色の雲を切り開き
矢筒は
露でいっぱいになる。

ああ、しかし愛のように
サエタの歌い手たちは
夢中になっている！

ペテネーラの図解

エウヘニオ・モンテスに[*1]

最低弦

鐘

黄色い
塔の中で、
弔鐘が鳴る。

黄色い
風に乗って、
鐘の音が広がる。

黄色い
塔の中で、
鐘が鳴り止む。

風は塵と一緒に、
銀の舳先を作る。

＊1　ロルカの友人で、ヴィーゴ出身の作家・政治家・ジャーナリスト。

道

喪に服した百人の騎手たちは、
オレンジ畑に
横たわる空を通り、

どこに行くのだろう?
コルドバにもセビーヤにも
たどり着かないだろう。
海を思い焦がれる
グラナダにも。
眠たげな馬たちが
彼らを連れて行くだろう、
歌声が震える
十字架の迷宮へと。
釘付けになった七つの嘆きとともに、
オレンジ畑の
アンダルシアの百人の騎手たちは
どこに行くのだろう?

六本の弦

ギターは、
夢を泣かせる。
失われた
魂たちのすすり泣きが、
その丸い口から
抜け出す。
そしてタランチュラのように
大きな星を編む、
木でできた黒い雨水だめに
浮いている
ため息を狩るために。

ペテネーラの果樹園での踊り

果樹園の夜に、
六人のジプシー女が、
白い服を着て
踊る。

果樹園の夜に、
紙の薔薇と、
ジャスミンの
冠をかぶって。

果樹園の夜に、
ジプシー女の真珠の歯は、
焼けた
影を書く。

果樹園の夜に、
その影は伸びて、
紫色の
空まで届く。

ペテネーラの死

白い家では
人間が破滅して死ぬ。
百頭の雌馬がぐるぐる回る。
騎手たちは死んでいる。

ランプの震える

星の下、
その銅の腿の間で
波紋織のスカートが揺れる。
百頭の雌馬がぐるぐる回る。
騎手たちは死んでいる。

はっきりと見えない地平線から
細長い影がやって来て、
ギターの最低弦が
切れる。
百頭の雌馬が巻き乗りする。
騎手たちは死んでいる。

ファルセット

ああ、ジプシーのペテネーラよ！
ヤイアイ、ペテネーラよ！
おまえの葬式には
いい娘たちが来なかった。
死んだキリストに
自分の長い髪を捧げ、
祭りで白いマンティーリャをつけている
娘たちが。
おまえの葬式には
忌まわしい人々が来た。
心が頭の中にあって、
泣きながら
おまえの後について

路地を行った人々が。
ああ、ジプシーのペテネーラよ！
ヤイアイ、ペテネーラよ！

どん底からの叫び

乾いた地面の下で
百人の恋人たちは
永遠に眠る。
アンダルシアには
長く赤い道がある。
コルドバには、
彼らを思い起こす
百の十字架を置くための
緑のオリーブがある。

百人の恋人たちは
永遠に眠る。

弔鐘

黄色い
塔の中で、
弔鐘が鳴る。

黄色い
風に乗って、
鐘の音が広がる。

一本の道を
しおれたオレンジの花の

冠を被った死が行く。
その白いビウエラ[*2]を奏で、
歌を
歌って、歌う、
歌って、歌って、歌う。

黄色い
塔の中で、
鐘が鳴り止む。

風は塵と一緒に、
銀の軸先を作る。

＊2　ギターに類似した形状で六コースの複弦を持つ撥弦楽器。

二人の少女たち

マキシモ・キハーノ*に

ラ・ローラ

オレンジの木の下で
木綿のおむつを洗う。
緑色の目と
紫色の声をしている。

ああ　愛しいおまえよ、
花が咲いたオレンジの木の下で！

用水路の水は

太陽に満ちて流れ、
小さなオリーブ畑では
スズメが一羽歌う。

ああ　愛しいおまえよ、
花が咲いたオレンジの木の下で！

その後、ラ・ローラが
石鹸を全て使い切ると
闘牛士たちがやって来るだろう。

ああ　愛しいおまえよ、
花が咲いたオレンジの木の下で！

＊カンタブリア出身の弁護士・作曲家。サグラダ・ファミリアなどで知られるアントニ・ガウディがその邸宅を建築したことでも知られている。

アンパロ

アンパロよ、
家の中で白い服を着ている
おまえはなんて孤独なんだろう！

（ジャスミンと甘松香の
中間点。）

おまえは庭の噴水の
素晴らしい水音と、
カナリアの微かな
黄色い鳴き声を聞く。

午後には小鳥たちが留まった
イトスギが揺れるのを見ながら、

粗布にゆっくりと
文字を刺繍する。

アンパロよ、
家の中で白い服を着ている
おまえはなんて孤独なんだろう！
アンパロよ、
愛しているとおまえに言うのは
なんて難しいんだろう！

フラメンコの挿絵

ファラオの胴体を持つ《ヘレスの子》、ことマヌエル・トーレス[*1]に

シルベリオ・フランコネッティ[*2]の肖像

イタリアと
フラメンコの間で、
あのシルベリオは
どのように歌っただろう?
イタリアの濃い蜜が
我々のレモンとともに、
セギリーヤの
深い嘆きの中にあった。
その叫びは凄まじかった。

年寄りたちが言う、
毛は逆立ち、
鏡の
水銀には
罅が入るほどだった。
彼は様々な音階を行き来し
音を外すことはなかった。
そして創造主で
庭師でもあった。
静寂のための
園亭の作り手だった。

いま彼の旋律は
こだまとともに眠る。
それは純粋で確かだ。
最後のこだまとともに！

＊1　ヘレス出身のフラメンコ歌手（一八八〇－一九三三）。本名マヌエル・ソト・ロレート。その長身から「トーレス（塔）」と呼ばれた。
＊2　セビーヤ出身のフラメンコ歌手（一八三一－一八八九）。父親はイタリア生まれ。

フアン・ブレバ＊3

フアン・ブレバは
巨人の体と
少女の声の持ち主だった。
彼のさえずりは類を見なかった。
微笑みの後ろで
歌う
悲しみそのものだった。

眠れるマラガの
レモン畑を連想させ、
嘆き声の中には
海の塩のような後味がある。
ホメロスのように
夢中で歌った。彼の声には
光のない海と
搾ったオレンジがあった。

＊3　マラガ出身のフラメンコ歌手（一八八四―一九一八）。マラガで最も著名なフラメンコ歌手の一人。

カフェ・カンタンテ＊4

ガラスのランプと

緑色の鏡。

暗い舞台の上で
ラ・パララは*5
死と
話し続ける。
死に呼びかけても
来ないので、
また呼びかける。
人々が
しゃくりあげながら泣く。
そして緑色の鏡の中では
長い絹の引き裾が
動いている。

*4　十九世紀にアンダルシアで始まった、舞台のある酒場。マドリーや

バルセロナにも広がった。
＊5　カフェ・カンタンテにおける最も重要なフラメンコの歌い手の一人であった、ドローレス・パラレス・モレーノ（一八四五―一九一五）を指す。

死の嘆き

ミゲル・ベニテス[＊6]に

黒い空には、
黄色い稲光り。

わたしはこの世界に来た時には目があったのに
去る時にはない。
大いなる苦悩の主よ！
その後には、
地面に

ランプ一つと毛布一枚。

良き人々がやって来た所に
たどり着きたかった。
わが神よ、そしてわたしはたどり着いた……!
だがその後には、
地面に
ランプ一つと毛布一枚。

レモンの木の
黄色い小さな果実。
小さなレモンを
風に投げてくれ!
もう分かるだろう……! なぜならその後
その後には、
地面に

ランプ一つと毛布一枚。

黒い空には、
黄色い稲光り。

＊6　ロルカの友人で、カナリア諸島出身の弁護士・音楽評論家・作曲家。

呪文

メドゥーサ*7のように
刺々しい手が
ランプの
悲しんでいる目を塞ぐ。

ワンド*8のエース。

十字に開いた鋏。*9

香の白い
煙の上に、
少々のモグラと
迷える蝶。

ワンドのエース。
十字に開いた鋏。

目に見えない心臓を
握りしめる、その手が見えるか？
風に映る
一つの心臓。

ワンドのエース。

十字に開いた鋏。

＊7　ギリシア神話に出てくる怪物。見た者を石に変える能力を持つ。
＊8　スペインのトランプの絵柄の一つ。
＊9　カトリック圏では邪視を防止すると考えられていた。

メメント＊10

わたしが死んだときには、
わたしのギターと一緒に
砂の下に埋めてください。

わたしが死んだときには、
オレンジの木と
薄荷の間に。

わたしが死んだときには、
もしそうしたいのであれば
風見鶏の中に葬ってください。

わたしが死んだときには！

＊10　ミサ典礼文の後半で捧げる、死者のための祈り。

三つの都市

ピラール・スビアウレに*

マラゲーニャ

死が
酒場に
入って出る。

黒い馬たちが
不気味な人たちが
ギターの
深い道を通っていく。

そして塩と
雌の血の匂いがする、
海辺の
熱い月下香の中に。

死は
酒場に
入って出て、
そして死は
出てまた入る。

＊バスク出身の知識人・作家・画商・ピアニスト。スペイン内戦によりメキシコに亡命した。

コルドバ界隈

夜のトピックス

家の中で人々は星たちから
身を守る。
夜は崩れ落ちる。
中には、髪の毛に隠れた
赤い薔薇とともに
女の子が死んでいる。
六羽の小夜鳴き鳥が格子の中で
彼女のために泣いている。

人々はむき出しのギターを抱いて
ため息をつく。

踊り

カルメンはセビーヤのあちこちの街路で
踊りまわっている。
その髪の毛は白く
瞳は輝いている。

少女たちよ
カーテンを開けてよ！

その頭には黄色い蛇が
とぐろを巻いている、
そしてカルメンは踊りながら
先日の伊達男たちのことを想っている。

少女たちよ
カーテンを開けてよ！
どの街路にも人影はなく
奥の方に　古い棘を探す
アンダルシアの心臓たちが
ぼんやりと見える。
少女たちよ
カーテンを開けてよ！

六つの狂騒曲

レヒーノ・サインス・デ・ラ・マサに[*1]

ギターの謎かけ

円形の
交差点で、
六人の乙女が
踊っている。
三人は肉体の
三人は銀の乙女。
昨日の夢たちが乙女らを探すが、
黄金の一つ目の巨人《ポリュペーモス》が
彼女らを抱きしめている。

ギターよ！

＊1　ブルゴス出身のギター奏者・作曲家。ギター奏者として世界的な名声を得た。

カンテラ

おお、何と深刻に思い患うのか
カンテラの炎よ！

インドの苦行僧のように
黄金の内臓を見
風のない大気を夢見て
消えてゆく。

白熱の鸛《こうのとり》が
その巣から
堅牢な影たちをついばみ、
死んだジプシーの
丸い両目の前へ
震えながら姿を現す。

クロータロ＊2

クロータロ。
クロータロ。
クロータロ。
よく響く黄金虫。

手の

かすみ網の中で
おまえは熱い
空気を波立たせ、
木材の
さえずりの中で溺れる。

クロータロ。
クロータロ。
クロータロ。
よく響く黄金虫。

*2　カスタネットに似た古い打楽器。

ウチワサボテン

粗野なラオコーン。[*3]

半月の下で
おまえは快調だ！

多種目の球技者。

風を脅かす
おまえは快調だ！

ダフネ[*4]とアッティス[*5]は
おまえの痛みを知っている。
不可解な痛みを。

＊3　ギリシア神話で、トロイアのアポロン神殿の神官。
＊4　ギリシア神話で、アポロンの求愛から逃れるため月桂樹に変身した

ニンフ。
＊5　ギリシア神話で、ゼウスの母レアの求愛から逃れるため松に変身した植物の神。

竜舌蘭

石化した蛹。

おまえは山々の腹に
灰色の腹帯を着け、
狭い道に
恐ろしい奥歯を置く。

石化した蛹。

十字架

十字架。
（道の
終着点。）

用水路の中に見える。
（省略符号。）

治安警備隊中佐の情景

警衛所

中佐　本官は治安警備隊の中佐である。

軍曹　はいっ、そうであります。

中佐　異議を称える者はいないな。

軍曹　おりません。

中佐　本官は三つ星の襟章と二十の十字章を持っておる。

軍曹　はいっ、そうであります。
中佐　二十四の紫の玉房をつけた枢機卿が本官に表敬したのである。
軍曹　はいっ、そうであります。
中佐　本官は士官である。本官は士官である。本官は治安警備隊の中佐である。
（空色と、白と金色のロミオとジュリエットが、葉巻ケースに描かれた煙草の庭で抱き合っている。軍人は海の中の影に覆われた小銃の銃身を撫でている。外で声が聞こえる。）

月よ　月、月よ　月。
カソルラは塔の在処を教え
ベナメヒーはそれを隠す。

月よ　月、月よ　月。
一羽の雄鶏が月光を浴びて歌う。
市長殿よ、あなたの娘たちが
月を見ています。

中佐　何事であるか？
軍曹　ジプシーであります！
（ジプシーの若い騾馬の視線に出会い、治安警備隊中佐の両目がひるみ、大きく開く。）

中佐　本官は治安警備隊の中佐である。

ジプシー　はい、そのようで。

中佐　貴様は誰であるかぁ？

ジプシー　ジプシーで。

中佐　ジプシーとは何者であるか？

ジプシー　ありきたりの者で。

中佐　貴様の名前は⁉

ジプシー　それなんで。

中佐　何だと？

ジプシー　ジプシーと。

軍曹　自分がこの者と出会い、連れて来たのであります。

中佐　貴様はどこにおったのか？

ジプシー　川の橋の上に。

中佐　何川の橋の上であるか？

ジプシー　あらゆる川ので。

中佐　貴様はそこで何をしていたのか？

ジプシー　シナモンの塔を作って。

中佐　軍曹！

軍曹　はいっ、治安警備隊中佐殿ぉ。

ジプシー　わっしは飛べる翼を発明して、飛ぶんで。わっしの唇には硫黄と薔薇があるんで。

中佐　アイ！

ジプシー　でも翼はいらねえんで。翼なしで飛べるんで。わっしの血の中には雲と輪っかがあるんで。

中佐　アイイ！

ジプシー　一月にはオレンジの花があるんで。
中佐　（身をよじりながら）　アイイイイイ！
ジプシー　で、雪の中にはオレンジがあるんで。
中佐　アイイイイイ、プン、ピン、パン。（死んでしまう。）
（治安警備隊中佐の煙草とミルクコーヒーの霊が窓の外へ飛んでゆく。）
軍曹　助けてくれえぇ！
（兵営の中庭で、四人の治安警備隊員がジプシーをぶちのめす。）

ぶちのめされたジプシーの歌

平手打ち二十四回。
平手打ち二十五回。
後で夜になったら、母ちゃんが
銀の紙に包んでくれる。

交通警備隊さんよ、
水を少し恵んでよ。
魚と船がいる水を。
水、水、水、水を。

アイ、上の部屋にいる
治安警備隊のお偉いさんよ！
顔を拭く
絹のハンカチはないか！

アマルゴの対話

野原

声
アマルゴ。
わたしの中庭の夾竹桃。
苦いアーモンドの芯。
アマルゴ。

（鍔広の帽子を被った三人の若者がやって来る。）

若者その一　遅れてしまうよ。

若者その二　夜になってしまった。
若者その一　あいつは？
若者その二　後ろから来ている。
若者その一　（大きな声で）アマルゴ！
アマルゴ　（遠くから）今いくよ。
若者その二　（大声で）アマルゴ！
アマルゴ　（落ち着いて）今行くさ！
若者その一　なんて美しいオリーブ畑だ！

若者その二　そうだな。
（長い沈黙。）
若者その一　夜出歩くのは好きじゃないな。
若者その二　俺もだよ。
若者その一　夜は寝るためにあるんだから。
若者その二　そうだな。
（蛙とコオロギがアンダルシアの夏の小広場を作り出す。
アマルゴは腰に手を当てて歩いている。）

アマルゴ
ああ、アイアイアイ。
ぼくは死に問いかけた。
ああ、アイアイアイ。

（彼の歌の叫びは、耳にしたものに曲折アクセントを感じさせる。）

若者その一　（遥か遠くから）アマルゴ！

若者その二　（ほとんど途方に暮れて）アマルゴー！

（静寂。）

（アマルゴは一人で街道にいる。大きな緑の目を軽く閉じ、コーデュロイの上着を身体に巻き付ける。高い山々に囲まれている。彼の大きな銀時計が一歩ごとにひっそりと音を立てる。）

（一人の騎手が街道を疾走してやって来る。）

騎手　（馬を止める）こんばんは！

アマルゴ　こんばんは。

騎手　グラナダに行かれるのかな？

アマルゴ　グラナダに行きます。

騎手　では一緒だ。

アマルゴ　そのようですね。

騎手　どうして後ろにお乗りにならないのかな？

アマルゴ　足が痛くないので。

騎手　わたしはマラガから来た。

アマルゴ　そうですか。

騎手　あちらに兄弟がいる。

アマルゴ　（無愛想に）何人ですか？

騎手　三人だ。ナイフを売っている。それが仕事なのだ。

アマルゴ　健康のためにならんことを。

騎手　金と銀のために。

アマルゴ　一本のナイフは一本のナイフにしかなりません。

騎手　お間違いだな。

アマルゴ　それはどうも。

騎手　金のナイフはひとりでに心臓に向かう。銀のナイフは首を草の切れ端であるかのように切り裂く。

アマルゴ　パンを切る役には立たないのですか?

騎手　人はパンを手で割る。

アマルゴ　それはそうですね!

（馬が落ち着きをなくす。）

騎手　馬よ！

アマルゴ　夜ですから。

（波打つ道に馬の影が螺旋状に伸びる。）

騎手　ナイフを一本どうかね？

アマルゴ　結構です。

騎手　きみにあげよう。

アマルゴ　受け取りません。

騎手　こんな機会は他とないのだから。

アマルゴ　それはどうでしょうか。

騎手　他のナイフは役に立たない。他のナイフはなまくらで、血を見て怯えてしまう。わたしたちが売っているナイフは冷たい。わかるかね？　一番暖かい場所を探して、そこに留まるんだ。

（アマルゴは黙り込む。彼の右手は金塊を摑んだかのように冷たくなる。）

騎手　なんて美しいナイフなんだ！

アマルゴ　高価なものですか？

騎手　このナイフが欲しくないのかね？（金でできた一本のナイ

フを取り出す。その切っ先はランプの火のように輝いている。）

アマルゴ　結構だと言いました。

騎手　若者よ、わたしの馬に乗りたまえ！

アマルゴ　まだ疲れていません。

（馬が再び驚く。）

騎手　（手綱を引きながら）まったく、こいつはなんて馬なんだ！

アマルゴ　暗闇のせいです。

（間。）

騎手　きみに言っていたように、マラガにはわたしの三人の兄弟がいる。ナイフの売れゆきといったら！　大聖堂で全部の祭壇を飾り立てて塔に光輪をつけるために、二千本売れたんだ。多くの船がナイフにその名前を刻んだ。海沿いに住む最も貧しい漁師たちは、夜になるとナイフの鋭い刃が放つ煌めきに見惚れるのさ。

アマルゴ　とても美しいですね。

騎手　誰も拒めないだろう。

（夜は百年もののワインのように深い色をしている。南部の太った蛇が夜明けにその目を開け、眠れるものたちの中にはベランダから飛び込み、芳香と遠さがもたらす魔術に浸りたいという限りのない願望がある。）

アマルゴ　道に迷ってしまったようです。
騎手　（馬を止めながら）そうかね？
アマルゴ　話をしているうちに。
騎手　あちらに見えるのはグラナダの光ではないのかね？
アマルゴ　分かりません。
騎手　世界はとても大きい。
アマルゴ　無人のようです。
騎手　きみはそう言うがね。

アマルゴ　絶望してしまうのです。ああ、アイアイアイ！

騎手　グラナダに着くからだ。何をしているのかね？

アマルゴ　何をしているんでしょう？

騎手　そしてきみは自分の場所でじっとしているのなら、なんのためにそこにいたいのかね？

アマルゴ　なんのために？

騎手　わたしはこの馬に乗りナイフを売っているが、もしそうしていなければ何が起きるだろう？

アマルゴ　何が起きるのでしょう？

（間）

騎手　もうじきグラナダに着く。

アマルゴ　本当ですか？

騎手　展望台が光り輝くのを見たまえ。

アマルゴ　ええ、確かに。

騎手　さあ、もうわたしの後ろに乗るのを拒みはしないだろうな。

アマルゴ　ちょっと待ってくれ。

騎手　さあ、乗るんだ！　早く乗れ、夜明けまでに着かなければばならないのだから……。このナイフを受け取りたまえ。きみにあげよう！

アマルゴ　ああ、アイアイアイ！

（騎手はアマルゴを手伝う。二人はグラナダへと向かう。奥の山脈が毒人参と刺草《いらくさ》に覆われる。）

アマルゴの母の歌

彼は連れて行かれる
わたしのシーツと夾竹桃と棕梠《シュロ》に包まれて。
八月二十七日
小さな金のナイフと一緒に。

十字架よ。歩いて行きましょう！
彼は浅黒く無愛想だった。*

近所の女たちよ、ブリキの水差し一杯の
リモナーダを私におくれ。

十字架よ。誰も泣かないで。
アマルゴは月にいるのだから

*ここで「アマルゴ」は形容詞（無愛想な）として使われている。

解説

ジプシー・ロマンセ集

片瀬 実

本書の前半はフェデリコ・ガルシア・ロルカの一九二八年の詩集『ジプシー・ロマンセ集 *Romancero Gitano*』の全訳である。作者は「ロルカ」の名でよく知られている。フェデリコは名前、ガルシアは父方の姓、ロルカは母方の姓で、スペイン語では母方の姓だけで人を呼ぶことは少ないが、父方の姓がありふれたもので、母方の姓が珍しいものではこのような場合がある。

ロルカはスペインの近現代の詩人として国内ではもっとも有名で、国際的にも多くの人々に愛されている詩人である。とくに本書『ジプシー・ロマンセ集』は有名で、「夢遊病者のロマンセ」の冒頭（Verde que te quiero verde　緑よ緑おまえが欲しい）などはスペインのみならず、中南米やカリブ海などのスペイン語圏諸国においても、詩にそれほど関心のない人さえ暗記しているほどだという。

彼の出身地はアンダルシア地方、そこはスペインの南、地中海沿岸を占める場所で、南の端はアフリカ大陸に迫っている。古代ローマ帝国が滅んだのち、八世紀にはイスラム教徒の王国が支配し、この土地をアル・アンダルスと呼んだことが現在の呼び名につながっている。スペイン文化の枠と呼んでもよい、闘牛とフラメンコの発祥地でもある。

十九世紀終盤の一八九八年に、ロルカはこの地のフエンテ・バケーロスという小さな町に、豊かな農場主の長男として生まれた。一家は後に主要都市グラナダに移り住んだ。グラナダはアフリカに最も近く、キリスト教徒によるイベリア半島の再征服運動（レコンキスタ）に最後まで抵抗した都市、イスラム文化の痕跡が色濃く残る場所である。

彼は後に首都のマドリードで大学生活を送るが、故郷アンダルシアへの思いは深かったようだ。本書の詩には町や山など、土地の名前がいくつもあらわれるが、ほとんどがアンダルシア地方のものだ。

作者は、表題にはジプシーの名がついてはいるが、この詩集に収められているのは、実際のところ全てアンダルシアの詩であると言う。また、この詩集における登場人物と言えるものはグラナダ、そして苦しみだけであるとも述べている。

ただし、ロルカのこの主張は、周囲が彼のことを風俗描写主義の詩人であるとか、ジプシー詩人であるなどと噂を立てることへの反発が背景にあったもので、ジプシーが詩集の重要な要素であることまで否定するものではない。彼によれば、ジプシーとはアンダルシア、そしてスペインの精神を守る典型的な様式だった。

なお、ジプシーという呼称は現代では差別的であるとして「ロマ」と呼ばれるようになっているが、作品の時代背景を考慮し、本書では旧来どおりの「ジプシー」という語を使用している。

ジプシーと呼ばれる流浪の集団がヨーロッパの記録にあらわれるのは十五世紀のことで、間もなくスペインにも登場した。巡礼者を名乗った彼らは、初めのうちは各地で歓迎されたのだが、しだいに迫害されるようになった。迫害を受けた理由としては、定住を基本とした主流の社会からは奇異な存在に映ったことや、彼らが当初担っていた手工業の分野が、後に中世ヨーロッパで発達した職人ギルド制と軋轢を起こしたことなどがあるようだ。ジプシーを排除する法的な様々な規定が作られ、それらは十九世紀までに撤廃されたが、現代に至るまで彼らは社会の周縁に追いやられている。

ジプシーのルーツについては様々な研究がなされており、インドが発祥の地だとの説もあるが、そもそもジプシーが単一民族とは言いがたいこともわかっている。実際には多様な集団であるジプシーだが、彼らの典型的な特徴としてよく言われるのは、浅黒い肌、黒い髪と瞳を持つこと、キリスト教のような一神教になじまない多神教的な世界観を持つことなどで、ヨーロッパにはない東洋的な特徴がある。ジプシー（Gypsy）というのは英語の呼び名で、スペイン語ではヒターノ（gitano）と呼ばれるが、それぞれ「エジプト人」を表す言葉から来ていることも、東洋の雰囲気を醸し出す要素になっている。また、彼らは盗みや詐欺の常習者であるともされていた。

文学の世界では、古くからジプシーが描かれていた。東洋的な特徴から社会の中の異分子としても扱われるが、エキゾチックな魅力を持つ人物としても機能した。盗みや詐欺は一面では悪役の振る舞いだが、他人を出し抜くための機転や、巧みな言葉づかいが物語を活き活きとさせる要素ともなった。

また、フラメンコの音楽と踊りが現在のような形にまとまり、世界に知られるようになったのは十九世紀のことだが、これは外国からスペインを訪れた人々がジプシーの踊りに興味を持ったため、商業化したことから始まっているとされる。フラメンコを作り上げた文化の源流について、これまたはっきりとはわからないのだが、少なくとも商業的に成立するにあたってはジプシー的なものとして受容された。このように芸術の分野ではジプシーはある種の神話的存在として特別な扱いを受けていた。

アンダルシア地方はスペインの中でもっともジプシーの人口が多い。幼少期のロルカもジプシーの人々との関わりが多かったことがわかっており、スペインの精神、アンダルシアの精神を代表する存在としてジプシーを詩に登場させることは自然な流れだった。また、一九二二年に「カンテ・ホンド」（純粋フラメンコ）の歌い手をグラナダに集めた歴史的なコンクールの運営にも彼は深く関わっていた。その準備の中でカンテ・ホンドに影響されて作られた一連の詩は、『カンテ・ホンドの詩』として一九三一年に発表されることになる。

一方で、現実のジプシーたちが置かれた状況、迫害についても、幼少期から彼らと接していたロルカは心に残していた。詩に現れる、他の一族と血みどろの争いを繰り広げたり、治安警備隊と衝突したりするジプシーの描写は、作者が詩集の主役と位置付けた彼らの「苦しみ」のわかりやすい例だろう。

詩集の表題には、ジプシーのほか「ロマンセ」ともある。ロマンセはスペインの民衆的な物語詩で、その源流は中世ヨーロッパの武勲詩にあるとされている。イスラム教徒との戦いを吟遊詩人が歌い伝えた叙事詩から、のちには様々な変化をとげ、だんだんと民衆の歌になった。基本的には物語詩だが、叙事詩的なものから抒情詩的なものまで幅広いバリエーションが許される。音韻としては、詩の一行が八音節で構成され、偶数行の最後の単語のアクセントと最後の母音で韻を踏む。

十六世紀から十七世紀、近世スペインの芸術が最も興隆した「黄金世紀」にも盛んにロマンセが作られ、一般の民衆だけでなく職業的な詩人も作品を残した。『ドン・キホーテ』の作者であるミゲル・デ・セルバンテスや、難解な詩で知られたルイス・デ・ゴンゴラもロマンセを作っていた。この二人は、ジプシーを題材としたロマンセも残している。ジプシー、ロマンセ、どちらもロルカの時代の三百年以上も前から続くスペインの伝統だった。

ゴンゴラについては、ロルカの時代までそれほど高い評価を得ていなかったのだが、ロルカとその同世代の詩人たちが、没後三百年の記念祭の中で積極的に持ち上げ、スペイン文学の世界で復権させた経緯がある。彼らはその年から「二七年世代の詩人たち」と呼ばれた。

『ジプシー・ロマンセ集』の表題に示されたテーマは、スペインの伝統に根差したものだったが、ロルカの詩は当時の文学の新しい潮流も汲み取ったものだった。

二十世紀スペインの前衛主義では、情緒的、物語的なものを排除し、論理的、概念的なものを取り上げることによって、より普遍的で純粋な詩を作り上げようという機運があった。そこでは機知に富んだユーモアや言葉遊び、比喩が重視された。二七年世代の詩人たちが、知的で難解な比喩で知られたゴンゴラを復権したのは、その意味では当然だった。

ロルカはグラナダに住んでいるときに「片隅」という文学・芸術サークルに加入し、仲間たちとともに先進的な芸術や思想に触れていたし、首都マドリードに移動してからは、「学生館」と名付けられた学生寮に集まった新たな友人たちに刺激を受けていた。「学生館」時代の友人として、のちにシュルレアリスムを代表する芸術家となるサルバドール・ダリとルイス・ブニュエルがおり、ロルカは特にダリと親しく交流し、同性愛の関係にあったとも言われている。シュルレアリスムの誕生を告げるアンドレ・ブルトンの「シュルレアリスム宣言」が発表されるのは一九二四年のことだが、彼はいち早くその宣言に触れている。

ロルカの詩にみられる斬新な比喩は、この時代の前衛主義やシュルレアリスムを取り入れたもので、単に感傷的ではない知的な深みを詩に与えている。

ロルカは多才な人物でもあり、詩のほかに戯曲の作品でも高く評価されている。また、もともとは音楽家を志すほどのピアノの名手だったし、絵画の才能もあった。しかしながら、彼の活動が最初から順風満帆だったわけではなかった。一九二〇年に最初の戯曲『蝶の呪い』を上演したが、これは当時非常に評判が悪かった。詩集については、一九二一年に『詩の本』という詩集を出版している。これは一部で文学的な価値を評価されたものの、広く人々に知られるほどの反響は無かった。

その後、詩集『歌集――カンシオネス』の出版のほか、雑誌への掲載や朗読の形で彼の詩は発表されており、徐々に評価が高まっていた。しかしながら当時彼には収入源がなく、出版の費用は父親の財産に頼っていた。また大学での学業の成績が芳しくなかったので、文芸で身を立てようとする息子への圧力は強まっていた。

転機になったのは一九二八年だった。二つ目の戯曲『マリアナ・ピネーダ』が上演され、次いで本書『ジプシー・ロマンセ集』が出版されると、いずれも大きな反響を呼び、専門家だけでなく一般の人々からも高く評価された。これらの作品によって、劇作家、詩人としてのロルカの地位は確立されたと言ってよい。

『ジプシー・ロマンセ集』はスペイン全体で大いに評価されたが、友人のダリやブニュエルからは批判を受けた。風俗描写、物語に寄りすぎていて、まったく革新的ではなくつまらないというものだった。ロルカ自身も、この批判にある程度同意し、伝統的な詩作と決別していくことも意識していたようだ。

ロルカの足跡を辿るうえで触れておかなければならないのは、彼が同性愛者であったことである。当時のスペインで同性愛者として生きることは、現代以上に困難だった。『ジプシー・ロマンセ集』が世に出たころ、彼は若い彫刻家と深い関係にあったが、最終的には破綻した。この頃、ダリとの間の友情にも溝ができ、ロルカは深い落ち込みを経験する。一九二九年、グラナダ大学での師だった教授とともに、彼はアメリカ合衆国のニューヨークに出発した。これは一面では、精神的な危機からの緊急避難だった。海外への旅行は初めてのことで、その後一年弱ニューヨークに滞在することになる。この時期の体験から生み出されたのが、詩集『ニューヨークでの詩人』である。この時ロルカは三十一歳とまだ若い詩人だったが、彼の文学の足跡においては後半の幕開けだった。というのは、七年後の一九三六年には、スペイン内戦の反乱軍に連行され、銃殺されることになるからである。

『ジプシー・ロマンセ集』に収められた十八編の詩のうち、前半の九編は細野豊さんが、後半の九編は片瀬実が主として翻訳した。

現代の読者にも読みやすく、かつロルカが作品に込めたイメージ、詩風を損なわない翻訳を心掛け、スペイン語原詩の内的リズムを日本語の訳詩に生かすよう努めたが、それが実現できていれば幸いである。

カンテ・ホンドの詩

久保恵

本書の後半はフェデリコ・ガルシア・ロルカの一九三一年の詩集『カンテ・ホンドの詩 *Poema del cante jondo*』の全訳である。

ロルカが若かった頃のグラナダでは文芸活動が盛んで、芸術家や知識人たちは個人の邸宅やカフェで開かれるテルトゥリアと呼ばれる茶話会に集っては日々語り合っていた。その中のカンテ・ホンド、すなわち純粋フラメンコについて論じる会の一員となっていたロルカは、マドリードからグラナダへと移り住んできていた作曲家マヌエル・デ・ファリャと出会う。自らもアンダルシア出身のファリャはフラメンコに興味を寄せ、影響を受けた作品を多く生み出してきたが、当時のフラメンコにおける商業主義がカンテ・ホンドの退廃につながることを危惧してもいた。そこで資金面での後援を受けたファリャは、カンテ・ホンドの歌い手達がグラナダに集う歴史的なコンクールの開催を一九二二年の秋に首唱したのである。

フラメンコの世界に親しんできたロルカは、議論を共にしてきた敬愛する作曲家ファリャの一大企画を成功させるために、積極的に執筆や講演を行った。コンクールの準備に没頭する中で、同年の十二月には、開催に合わせて出版すべく、『カンテ・ホンドの詩』の主要部分を占める一連の作品を書き上げる（実際にこれらが詩集として出版されたのは、一九三一年のことであった）。翌一九二二年二月十二日には、「カンテ・ホンド、アンダルシアの原始の歌 *El Cante Jondo. Primitivo canto andaluz*」と題した講演をグラナダ芸術センターで行った。ここでロルカはカンテ・ホンドの起源と発展について述べるとともに、若き詩人としてその歌詞にある驚嘆すべき魅力についても言及している。

〔…〕「カンテ・ホンド」という名を付けた我々の民族はなんと的を得ていたことでしょう。カンテ・ホンドは深い、真に深いものです。あらゆる井戸と世界を囲む全ての海よりも深く、それを作り出す実際の心や歌う声よりも遥かに深い、ほとんど無限のようなものです。遠くの民族のところから、年月の墓場としおれた風の葉叢を超えてやってきたのです。最初の嘆きと最初の口づけから。

カンテ・ホンドの驚異の一つは、音楽的本質以外ではその詩たちにあります。ロマン主義とロマン主義以降の詩人達が残した、あまりにも茂った抒情詩という木の剪定と手入れに多かれ少なかれ従事している我々現代の詩人は、これら〔カンテ・ホンド〕の詩を前にして驚嘆するのです。

コンクールの開催から十年近くが経ってから出版された『カンテ・ホンドの詩』を構成する詩は、いくつかの節という形に分けられている。序節となっている詩「三つの川のバラード」は、収録されている詩の大部分よりも後に書かれたものであるが、ロルカの故郷でもあるアンダルシアを流れる三つの川を主題としており、詩集全体の舞台もまたこの地であることを読者に伝えている。

その後には本作の主要な四つの節である「ジプシーのセギリーヤの詩」、「ソレアーの詩」、「サエタの詩」および「ペテネーラの図解」はいずれもフラメンコの曲種が題されているが、それぞれにおいて女性が擬人化されていることが特徴的である（セギリーヤは褐色の肌をした少女、ソレアーは黒いマントの女、サエタは聖母、ペテネーラはジプシーのバイラオーラ（フラメンコダンサー））。

さらに続いていく節を構成するのは、フラメンコやそれに関わる人物、フラメンコに馴染み深い事物についての詩たちである。「フラメンコの挿絵」からは、ファリャとともに運営したコンクールを通じたカンテ・ホンドの再興へのロルカの意気込みが伝わってくる。特筆に値するであろう。これら一連の詩に登場する、十九世紀末を象徴するカンタオールことフラメンコ歌手の三人であるシルベリオ・フランコネッティ、ファアン・ブレバ、ラ・パラララことドローレス・パラレス・モレーノは、前述のグラナダ芸術センターにおける講演でも名を挙げられた存在だった。また、詩の中に出てくるカフェ・カンタンテは、音楽ショーを楽しむことができる酒場であるが、黄金期のカンテ・ホンドの主たる舞台でもあった。「六つの狂騒曲」は、カンテ・ホンドの舞台美術における特徴的な六つの道具に捧げられている。

最後は二つの対話体の作品「治安警備隊中佐の情景」および「アマルゴの対話」で締めくくられている。これらは「三つの川のバラード」と同様に、コンクールの後に書かれたものであり、演劇の一部という体を取っているが、各々の作品が対話とそれに続く詩という構成になっている。

「治安警備隊中佐の情景」においては治安警備隊と一悶着を起こすジプシーが登場するが、そこから読み取れるロルカのジプシーに対する眼差しは『ジプシー・ロマンセ集』にも大いに通ずるものがある。

衰退へと追いやられていたカンテ・ホンドの再興を目的として開催された一九二二年のコンクールそのものの成果は華々しいものだったとは言えないものの、当時の知識人たちにこの芸術を印象付けることとなった。また、入賞者の中には後に名カンタオールのエル・カラコルとして知られることになるマヌエル・オルテガの姿があったことも特筆に値するだろう。

ファリャやロルカからの熱意は彼らの死後、コンクールから三十年以上が経った一九五六年にコルドバで開かれたカンテ・ホンド全国大会へと引き継がれた。四回目でその名をフラメンコ全国大会へと変え、三年に一度ずつ、現在に至るまで開催され続けている。この大会は現在も続いているスペイン最古、つまり世界最古のフラメンコの大会であるということからも、フラメンコという芸術においてロルカの果たした役割の大きさを伺い知ることができる。

『カンテ・ホンドの詩』を翻訳するにあたっては「サエタの詩」、「三つの都市」、「六つの狂騒曲」、「治安警備隊中佐の情景」を細野豊さんが、「三つの川のバラード」、「ジプシーのセギリーヤの歌」、「ソレアーの詩」、「ペテネーラの図解」、「二人の少女たち」、「フラメンコの挿絵」、「アマルゴの対話」を久保恵が主として翻訳した。カンテ・ホンドそのものが持つ音楽性や情景を保ちつつも、日本語で読む詩として馴染みやすい翻訳になるように努めた。現代の読者にも読みやすい訳詩となっていれば幸いである。

年譜

細野豊編

フェデリコ・ガルシア・ロルカ（一八九八〜一九三六）

スペインの詩人、劇作家、音楽家。「二七年世代の詩人たち」の一人として二十世紀のスペイン文学に多大な影響を与えたばかりでなく、世界的にも高い評価を受けている。一九三六年七月にスペイン内戦が始まって一ヶ月後に、生まれ故郷のグラナダでファシスト（ファランヘ党員）たちに拉致され銃殺された。

一八九八年　六月五日、スペイン、グラナダ市近郊のフエンテ・バケーロスで裕福な家庭に生まれた。父親はフェデリコ・ガルシア・ロドリゲスという農場主、母親はビセンタ・ロルカ・ロメロという父親にとって二度目の妻で、教師であった。

一九〇九年　一家はグラナダ市へ移り住んだ。彼は青少年時代、文学よりも音楽に興味を持ち、大学時代の友人たちの間では、作家としてよりも音楽家として知られていた。

一九一四年　グラナダ大学の哲文学部と法学部に同時入学。その頃カフェ・アラメダで若い知識人たちと《エル・リンコンシーヨ（片隅）》というサークルを立ち上げた。

一九一九年　春、ロルカはこのサークルの若者たちとともに、マドリーの「学生館」へ移動した。当時、「学生館」は多才な知識人たちが参集する場であり、そこで彼はルイス・ブニュエル、ラファエル・アルベルティ、サルバドール・ダリ等当時のスペインの最も重要な芸術家たちと交流する機会を得た。

一九二一年　第一詩集『詩の本』を出版。同じ年に最初の演劇『蝶の呪い』を世に問うたが、よい評価は得られなかった。この頃、ファン・ラモン・ヒメネスと知り合い、詩についての見方に大きな影響を受けた。また、この年にグラナダに帰り、作曲家マヌエル・デ・ファリャと巡り合い、一緒に音楽、カンテ・ホンド、人形劇等に関わる行事を行った。また、この年に詩集『カンテ・ホンドの詩』の作品を書いたが、これが刊行されたのは、十年後であった。

一九二五年　聖週間（復活祭前の一週間）を親友、サルバドール・ダリとともに過ごすためカダケスの彼の家を訪れた。この訪問と一九二七年のより長い同宿は二人の人生と作品に深い影響を与えた。詩「サルバドール・ダリへの賛歌」は二人の濃密な友情が実った果実であり、この詩は雑誌「西洋評論」に掲載された。

一九二七年　十二月、ルイス・デ・ゴンゴラ没後三百年を記念する行事を行うために多くの詩人たちがスペイン各地からセビーヤに参集した。この会合に参加した詩人たちのうち次の者たちが、「二七年世代の詩人たち」と呼ばれるようになった。ペドロ・サリナス、ホルヘ・ギイエン、ヘラルド・ディエゴ、フェデリコ・ガルシア・ロルカ、ビセンテ・アレイクサンドレ、ダマソ・アロンソ、エミリオ・プラドス、ラファエル・アルベルティ、ルイス・セルヌダ、マヌエル・アルトラギレである。このグループの特徴は、伝統的な詩（新大衆主義）と前衛運動とを融合させたことにあった。同年『歌集』を出版。

一九二八年　詩集『ジプシー・ロマンセ集』が大成功を収めた。一九二四年から二七年にかけては、ロルカが詩人として成熟に達した時期であったにも拘わらず、ロルカにとって苦難の時期でもあった。この詩集の成功によって彼は、風俗写生主義者であるとか、ジプシーを擁護しすぎ、民謡につきすぎているとか批判されたばかりでなく、ダリとルイス・ブニュエルから厳しく批判され衝撃を受けた。
一九二九年　かかる状況にもめげず、戯曲『ドン・ペルリンプリンとベリサの庭での恋』を書きあげ、上演しようとしたが、独裁政権の検閲によって禁止された。同年、ロルカは師であり友であるフェルナンド・デ・ロス・リオスに誘われタイタニック号の姉妹船オリンピック号で、ニューヨークへ向かった。この米国の大都市での体験に基づき、詩集『ニューヨークでの詩人』の詩が書かれたが、この詩集が出版されたのは彼の死後四年が経ってからであった。
一九三〇年　三月、ニューヨークからキューバのハバナへ行き、そこでの体験が後に戯曲『観客』、『五年経ったら』として結実した。
一九三一年　スペインの第二共和国成立は新たな時代の幕開けとなり、作家エドゥアルド・ウガルテとともに大学生主体の移動劇団「バラカ（小屋）」を組織してスペイン中の都市や村を回り、カルデロン・デ・ラ・バルカやロペ・デ・ベガなど黄金世紀の劇作家の作品を上演した。この活動は好評を得て、一九三六年のスペイン内戦勃発まで続いた。

一九三三年　アルゼンチンの女優ローラ・メンブリーベスの劇団がブエノスアイレスで『血の婚礼』を上演し、大成功を収めた。ロルカは彼女に招かれて同地へ赴き、プロの劇作家としての地位を確立するとともに、経済的独立をも果たした。六ヶ月同地に滞在して『血の婚礼』、『マリアナ・ピネーダ』、『素晴らしい靴屋の女房』、『ドン・クリストバルの祭壇装飾絵図』及びロペ・デ・ベガの『愚かな淑女』の翻案の演出を担当した。

一九三四年　スペインへ戻り、濃密な二年間を過ごした。戯曲『イエルマ』、『老嬢ドニャ・ロシータ』、『ベルナルダ・アルバの家』及び詩集『イグナシオ・サンチェス・メヒーアス哀悼歌』を書きあげ、詩集『ニューヨークでの詩人』、『タマリー歌集』などの見直しを行った。また、バルセロナへ出かけて行き、自作の演劇を演出したり、詩の朗読や講演を行ったりした。だがこのとき、スペインでは暴力と不寛容の時代が始まっていた。政治的状況は、爆発寸前のところへ来ていた。スペイン内戦が始まろうとしていた。ロルカが共和国政府の公務員で、その作品と言動の自由主義的、アナキスト的傾向や彼が同性愛者と見られていたことなどから、ファランへ党員に襲撃される恐れがあるとして、コロンビアとメキシコの駐スペイン大使が自国への亡命を勧めたがロルカはこれらの申し出を断った。

一九三六年　ルイス・ブニュエルはじめ彼の仲間たちは「マドリーが安全だからここに留まるように」と勧めたが、聞き入れず家族と会うため、グラナダへ向かった。七月十四日、両親が住むサン・ビセンテ農場（グラナダ）に到着したが、その三日後にスペイン領モロッコのメリーヤで右派軍隊の反乱が起こった。七月二十日にはグラナダの中心部が反乱軍に制圧された。ロルカは、友人であり詩人であるルイス・ロサレスの家に身を寄せた。ルイスの兄弟二人が著名なファランヘ党員で、ロルカは全面的に信頼していたので、そこが最も安全な場所だと思われたのだ。しかし、八月十六日にそこへ治安警備隊が現われ、ロルカは逮捕、連行された。そして、同月十九日の明け方、ビスナル村からアルファカル村へ向かう道路沿いの泉の畔で銃殺された。

あとがき

本書に先駆けて『ジプシー・ロマンセ集』『カンテ・ホンドの詩』にはいくつもの翻訳が発表されている（タイトルは『ジプシー歌集』『カンテ・ホンドの歌』）。鼓直氏、会田由氏、小海永二氏という大家の先達による翻訳を参考にさせていただいた。

翻訳の検討にあたっては、ホエル・サンマルティィン氏に多大な協力をいただいた。また、このたびの出版は詩人の野村喜和夫さん、思潮社編集長の髙木真史さんの力添えなくしては成り立たなかった。この場を借りてお礼を申し上げる。

去る二〇二〇年十二月、共訳者の一人である細野豊さんが急逝された。以前からガルシア・ロルカの翻訳にライフワークとして取り組んでおられ、詩集の全訳プロジェクトを発案したのも細野さんだった。生前に訳詩を形にすることは叶わなかったものの、今回新たなロルカの翻訳として我々の『ジプシー・ロマンセ集』『カンテ・ホンドの詩』を世に出すことができた。改めてご冥福をお祈りしつつ、結びとさせていただきたい。

片瀬実
久保恵

ジプシー・ロマンセ集《しゅう》　カンテ・ホンドの詩《うた》

著者
フェデリコ・ガルシア・ロルカ

訳者
細野《ほその》豊《ゆたか》、片瀬《かたせ》実《みのる》、久保《くぼ》恵《めぐみ》

発行者
小田久郎

発行所
株式会社 思潮社
〒一六二-〇八四二　東京都新宿区市谷砂土原町三-十五
電話 〇三（五八〇五）七五〇一（営業）
〇三（三二六七）八一四一（編集）

印刷・製本
三報社印刷株式会社

発行日
二〇二二年七月三十一日